W9-CUP-024

Desarrollo editorial: Víctor Guzmán Zúñiga
Dirección editorial: Eva Gardenal Crivisqui
Dirección de diseño: Rigoberto Rosales Alva
Edición: Cyntia Berenice Ruiz García
Ilustración: Marcos Almada Rivero

Naranjo núm. 248, Col. Santa María la Ribera
Delegación Cuauhtémoc, C.P. 06400
México, D.F.

Óscar y Pancho Pijiji
(Serie Óscar, el tlacuache)

ISBN: 978-607-456-173-9

Miembro de la Cámara Nacional de la Industria Editorial Mexicana
Registro núm. 232

teléfono: 1946-0620
fax: 1946-0655

e-mail: eva_literatura@editorialprogreso.com.mx
e-mail: servicioalcliente@editorialprogreso.com.mx

Impreso en México
Printed in Mexico

1ª edición: 2009
1ª reimpresión: 2012

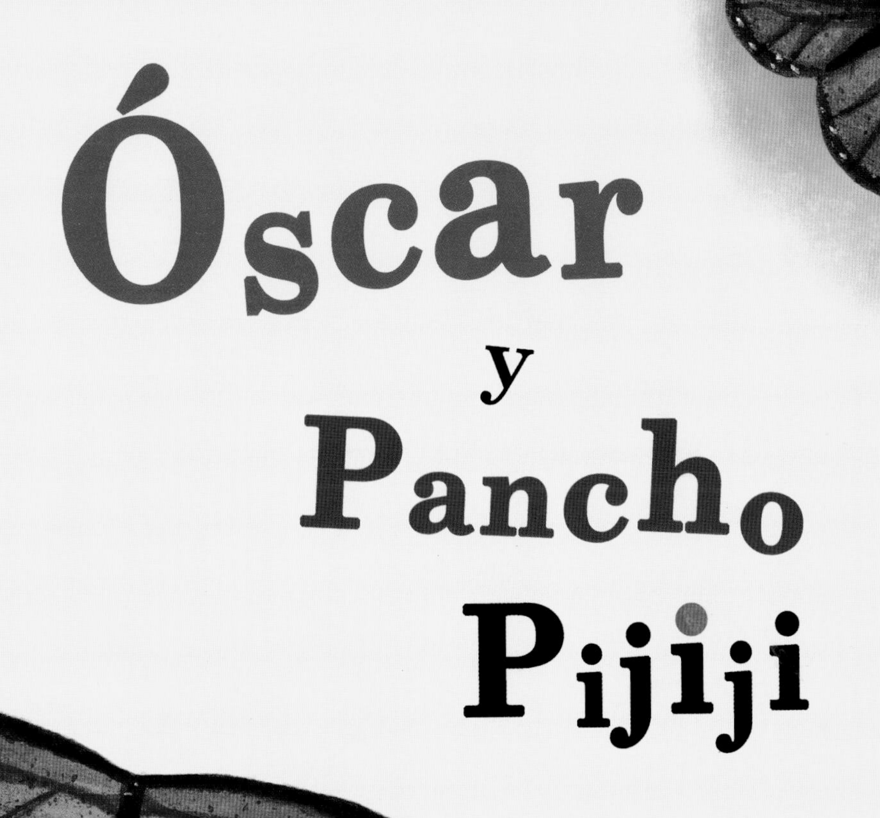

Óscar y Pancho Pijiji

53 PACOIMA
DEC 2 2 2015
Óscar
y
Pancho
Pijiji
Marcos Almada Rivero
223060857
S
XZ
A

Una tranquila mañana, **Óscar** el tlacuache **soñaba con volar.**

(Todos sabemos que los tlacuaches **no vuelan)**

De pronto por el **aire** cruzó un terrible

¡puuuuuuuuum!

No fue el **rugido** de un trueno,
sino algo mucho **peor.**

Sin dudarlo, acudió al rescate. Y allí conoció a Pancho Pijiji.

Con **mucho** cuidado

curó al desafortunado **patito.**

Un segundo después,

ya eran **mejores amigos.**

Juntos hicieron
un **gran equipo.**

Pancho Pijiji

Pancho Pijiji **aprendió** a trepar

y Óscar **aprendió**
a **nadar.**

Cuando Pancho Pijiji
extrañaba a su familia,

Óscar se las **ingeniaba**

para hacerlo **reír.**

ja
ja
ja
ja
ja
ja ja
ja
ja
ja

Pero un día, Pancho Pijiji
desapareció misteriosamente.

Óscar **imaginó** lo peor.

Y sintió un terrible **dolor.**

¡De pronto, desde las **nubes**
escuchó un: **pijiji**
pijiji!

¡Pancho Pijiji no fue cenado,
había sanado!

Y por primera ocasión, Óscar pudo **volar**. Fue feliz.

Desafortunadamente, el **invierno** se estaba terminando. Era tiempo de **partir** al norte.

—No quiero irme —dijo Pancho Pijiji— pero a veces, un sólo lugar **no** puede darnos **todo** lo que **necesitamos.**

Y al **irse**, dejó un **gran** vacío.

Pero el tiempo **vuela.**
El siguiente invierno, Óscar
se preparó para el regreso de su **amigo**

Pancho Pijiji.